ARMAND RENAUD

TOMBÉS

AU

CHAMP D'HONNEUR

Épisode de l'Exposition de 1878

Poème dit au Palais du Trocadéro par Mlle ROUSSEIL

PRIX : 50 CENTIMES

PARIS

ALPHONSE LEMERRE, ÉDITEUR

27-31 PASSAGE CHOISEUL, 27-31

M DCCC LXXIX

TOMBÉS

AU

CHAMP D'HONNEUR

ARMAND RENAUD

TOMBÉS

AU

CHAMP D'HONNEUR

Épisode de l'Exposition de 1878

PARIS

ALPHONSE LEMERRE, ÉDITEUR

27-31, PASSAGE CHOISEUL, 27-31

M DCCC LXXIX

LE 5 NOVEMBRE 1878

DANS LA GRANDE SALLE DU TROCADERO

Ce poème a été dit pour la première fois

PAR Mlle ROUSSEIL

TOMBÉS

A U

CHAMP D'HONNEUR

A l'Exposition universelle, un rude
Et vaillant ouvrier, point dans la multitude,
Fourmi prenant sa part d'un labeur grand et fier,
Hissait, avec la chaîne, une pièce de fer.
Auprès de lui, son fils, grand garçon, presque un homme,
Haletant, mais riant à la fatigue en somme,
Dans son ascension guidait le bloc pesant.

Et parfois tous les deux faisaient halte en causant.

Ils parlaient des plaisirs rêvés pour le dimanche.
Le fils en habits neufs, la fille en robe blanche,
Escortés des parents, sur l'herbe, au bord de l'eau,
Doivent aller courir et dîner, s'il fait beau.
D'autre part, pour la mère, une surprise est prête,
Grand secret strictement gardé jusqu'à sa fête.

Et là-dessus de rire, et chacun, à l'envi,
De reprendre sa tâche, avec le cœur ravi.

Pendant ce temps, la mère, au logis, que fait-elle?
Du beau jour pressenti la vision est telle
Qu'en train de repasser la chemise du fils,
La chemise aux plis fins, et blanche comme un lys
A laquelle tient tant sa vanité de mère,
Elle s'arrête et suit des yeux une chimère.

O simple joie, ô fraîche et blanche floraison
Du cœur, ô marguerite étoilant le gazon,
Profite, sans tarder, du ciel qui brille, ô joie!
Le malheur est toujours en quête d'une proie,
L'inévitable mort est toujours là, guettant.
Épanouis-toi donc, fleur qui n'as qu'un instant.

Dans un ciel encor pur quand la foudre s'amasse,
Invisible, mais prête à sillonner l'espace,

D'abord vient un vent frais qui souffle en volupté ;
Ainsi, dans le logis, il monte une gaîté,
Faite de la rumeur lointaine de la rue.
Cependant la rumeur s'approche et s'accentue,
Et la femme murmure : « Encor quelque accident !
« Malheur au vieux trop faible, à l'enfant imprudent,
Dans ce vaste Paris ! » — Et la rumeur augmente.
L'escalier se remplit d'un fracas de tourmente.
Il monte des pas lourds. La femme dit : « Mon Dieu !
Tout ce bruit me fait peur ! — Oh ! si c'était le feu ! »

Non ! ce n'est pas le feu. Femme, on frappe à ta porte ;
Ouvre, et, si tu le peux, c'est le moment, sois forte.

La sueur sur le front, la face pâle, l'œil
Égaré, le mari se tient droit sur le seuil.
La femme, qui pressent un événement grave,
Tâche, dans son effroi, de prendre une voix brave :
« Eh bien, vieux ! »….. Mais la phrase en son gosier se perd
Presque aussitôt, devant l'affreux spectacle offert.
Sur un brancard, le fils est couché, masse inerte.
Il a par un mouchoir la figure couverte ;
Mais, sur le matelas d'ambulance, le sang
Forme une flaque, puis, en longs filets, descend
Vermeil, sur le fond noir de la toile vernie.

Et la mère croit faire une chute infinie
Dans un gouffre où plus rien n'existe. Elle s'en prend
A tout, à son mari sanglotant et pleurant :
« Malheureux, qu'as-tu fait de mon fils, de ma vie!
Voilà ce que devient l'enfant qu'on te confie! »
— « O femme, réfléchis avant de m'accuser.
Une chaîne de fer qui vient à se briser,
Puis un bloc monstrueux, fonte, pierre de taille,
Qui tombe, en écrasant l'ouvrier qui travaille,
C'est la fatalité, sans que personne ait tort! »

Mais elle, n'entendant rien, répète : « Mort! mort! »
Et farouche, enlevant le mouchoir qui le cache,
Des deux bras au cadavre informe elle s'attache.

Tous les gens qui sont là, compagnons de chantier,
Devant ce désespoir fruste, indomptable, entier,
Malgré qu'ils aient au cœur une dure cuirasse,
Ne savent plus que faire et sont cloués sur place.

Seul le mari : « Voyons, femme! de la raison!
Parce que notre joie a quitté la maison,
Qu'un mauvais sort chez nous détruit la pousse neuve,
Quand il pouvait s'en prendre au vieux chêne à l'épreuve,

Faut-il de notre deuil faire un épouvantail
Pour tous ces braves cœurs, nos amis de travail ? »

A ce mot de travail, frappant seul sa pensée,
La femme fait un bond, tremblante, convulsée.
Et voilà que soudain ils l'entendent crier :
« Oh ! le travail, le fourbe et cruel meurtrier,
Les chaudières, les feux, les machines énormes,
Pour mutiler la chair multipliant leurs formes,
Tous ces monstres prenant les garçons de vingt ans
Aux mères qui sur eux ont veillé si longtemps,
Le tas d'inventions des hommes en délire,
Qui brûle, écrase, scie, engloutit et déchire,
Par vous, comme par moi, maudit soit tout cela ! »

C'est alors gravement qu'un ouvrier parla.

C'était une figure austère à barbe blanche,
Quelqu'un qui ne boit pas, mais qui lit, le dimanche.
Le type à respecter, à redouter parfois,
De ceux qui du problème humain cherchent les lois,
Qui, pour des temps meilleurs, ont foi dans la science,
Et dans l'ombre, à tâtons, suivant leur conscience,
Creusent, perdus sous terre et baignés de sueur,
Le chemin vers la vague et lointaine lueur !

Ainsi parla cet homme au milieu du silence :
« Femme, sois la douleur et non la violence.
Sublimes sont tes pleurs, mais tes cris sont mauvais.
Souvent j'ai vu de près la mort où je m'en vais;
J'ai vu bien des tués dans la grande bataille
Où la houille s'allume, où le granit se taille.
N'importe ! du travail que nul ne parle mal !
Lui seul peut préparer le règne triomphal
Du Bien, du Juste; seul, dans la suite des âges,
Mener vers l'avenir, entrevu par les sages,
De la fraternité des hommes blancs ou noirs,
Parce que tous sauront leurs droits — et leurs devoirs. »

La fenêtre était grand'ouverte. Dans ce vide,
S'encadrait un spectacle étonnant et splendide,
Tel que pour la mansarde, en haut, parmi les toits,
Paris, ami du peuple, en réserve parfois.
A l'horizon du soir, empourpré de lumière,
Colossalement beau dans sa blancheur de pierre,
L'Arc-de-l'Étoile, l'Arc fait pour vaincre le temps,
L'Arc des combats fameux et des noms éclatants,
Apparaissait, mêlant, pour mieux écraser l'homme,
Les gloires de Paris aux souvenirs de Rome.

« Femme ! O femme ! Regarde ! » Et s'enthousiasmant
L'homme montrait du doigt l'énorme monument,

Tout baigné de rayons. « Regarde ! Pour construire
Ce bloc dont chaque pierre offre une gloire à lire,
Il a fallu des tas de morts et de blessés,
Seuls, au soir des combats, par les plaines laissés...
Femme, pleure ton fils ! mais sans joindre à ta plainte
La malédiction. Sa mort est chose sainte.
Autant que nul soldat par le canon fauché,
C'est bien au champ d'honneur que le sort l'a couché.
Car, en brave, il servait le Progrès, seule cause
Rendant la guerre auguste et la paix grandiose ! »

L'homme se tut. La mère, elle, lavait le sang
Sur le front de son fils. Chacun, en s'effaçant,
A son tour s'en allait de la chambre tragique ;
Et lui-même, épuisé de force et de logique,
L'homme qui semblait fait pour ne souffrir de rien,
Le marteleur de fer, le vieux stoïcien,
Redescendant, du haut de sa fière parole,
Vers la douleur que rien ne dompte et ne console,
Finit par sangloter, les larmes l'étouffant,
Près de ceux qui pleuraient la mort de leur enfant.

Ces deuils ont disparu. Le temps que rien n'arrête
A fait du grand labeur sortir la grande fête.
Comme ces horizons que concentre un miroir,
Rassemblé sur un point, l'univers s'est fait voir

Aux yeux émerveillés et joyeux de la foule;
Et pourtant, c'est trop vrai, plus d'une épave roule
Sous les flots miroitants, seuls aperçus d'en haut.
Du travail puisque c'est la loi, puisqu'il le faut,
Nous pour qui du travail l'œuvre brille accomplie,
Soyons justes pour tous; empêchons qu'on oublie!
Sachons nous rappeler, rappelons aux heureux,
Aux forts, aux triomphants, leurs frères ténébreux,
Les aides inconnus, la troupe souterraine
Qui n'est pas à l'honneur et qui fut à la peine.
Tâchons qu'une pensée au moins aille vers ceux
Qui, d'une âme loyale et d'un cœur courageux,
Creusant le sol, montant les fers, sculptant les frises,
Sont morts en travaillant aux grandes entreprises,
Vers ceux, perdus au loin, qui, mille fois encor
Plus nombreux, maniant, tous d'un commun accord,
La poudre, la vapeur, l'air, le feu, dans la mine
Où la destruction sous tant d'aspects chemine,
Dans l'atelier, partout, martyrs de leur état,
De leur vie ont payé le futur résultat.

Oh! — Le rêve franchit, d'un coup d'aile, la grève
Où le fait se débat. — Ce serait un beau rêve
Qu'à de semblables morts l'avenir accordât
La colonne qu'on dresse en l'honneur du soldat,
Qu'à l'endroit bien en vue où la foule se presse,

Où retentit plus fort la commune allégresse,
Leur souvenir planât hautement, et qu'on lût
Ces mots gravés, comme un adieu, comme un salut :
« Aux ouvriers tués, la Paix et l'Industrie ;
A tous ceux qui sont morts pour elle, la Patrie ! »

IMPRIMÉ PAR A. QUANTIN

ANCIENNE MAISON J. CLAYE

POUR

ALPHONSE LEMERRE, ÉDITEUR

A PARIS

POÈMES NATIONAUX

Volumes in-16, imprimés en caractères antiques sur papier teinté.

EMILE BERGERAT...	*Les Cuirassiers de Reichshoffen.* 1 vol.	»	50
—	*Le Maître d'école.* 1 vol. in-18.	»	50
—	*Strasbourg.* 1 vol.	»	50
—	*A Châteaudun.* 1 vol.	»	50
—	*Hymne à la France.* 1 vol.	»	50
—	*Le petit Alsacien.* 1 vol.	»	50
FRANÇOIS COPPÉE..	*Lettre d'un Mobile breton.* 1 vol.	»	50
—	*Plus de sang!* (avril 1871). 1 vol.	»	50
FRÉDÉRIC DAMÉ...	*L'Invasion.* 1 vol.	»	50
LÉON DIERX......	*Les Paroles d'un vaincu.* 1 vol.	»	50
CLAUDE DUFLOT...	*Aux enfants morts.* 1 vol.	»	50
FÉLIX FRANCK....	*La Horde allemande.* 1 vol.	»	50
ALBERT GLATIGNY..	*Rouen.* 1 vol.	»	50
AUGUSTE LACAUSSADE.	*Cri de guerre.* 1 vol.	»	50
—	*Le Siége de Paris.* 1 vol.	»	50
LÉOPOLD LALUYÉ...	*A la France.* 1 vol.	»	50
LECONTE DE LISLE..	*Le Sacre de Paris.* 1 vol.	»	50
—	*Le Soir d'une bataille.* 1 vol.	»	50
CATULLE MENDÈS...	*La Colère d'un Franc-Tireur.* 1 vol.	»	50
—	*Odelette guerrière.* 1 vol.	»	50
ARMAND RENAUD...	*Au Bruit du canon.* 1 vol.	»	50
LOUISA SIEFERT...	*Les Saintes Colères.* 1 vol.	»	50
ANDRÉ THEURIET...	*Les Paysans de l'Argonne* (1792). 1 vol.	»	50
—	*Le legs d'une Lorraine.* 1 vol.	»	50
CHARLES DIGUET..	*L'Epopée prussienne.* 1 vol.	1	»
H. DUNESME......	*Les deux revanches et le 88ᵉ de ligne.*	1	»
JOSÉPHIN SOULARY..	*Pendant l'Invasion.* 1 vol.	1	»
FÉLIX FRANCK.....	*Chants de colère.* 1 vol.	2	»
POISLE-DESGRANGES.	*Pendant l'orage.* 1 vol.	2	»